To Shaya:

May the true riches of your heart —
Love, Laughter & Loyalty — be
yours to give and receive all
life long.

Jane Weber

The Riches of Rangoberra
Las Riquezas de Rangoberra

To my beloved daughters Aly and Bre:
You are both full of life and love everlasting.
I'm so proud to be your Mom.

To Jenna: You may be gone - but are not forgotten.
— Jane

To my friends and family, an extra special thank you
and much love to the King and Queen.
— Rijalynne

Publisher's Cataloging-in-Publication
(Provided by Quality Books, Inc.)

Weber, Jane.
   The riches of Rangoberra / written by Jane Weber ;
illustrated by Rijalynne Saari. -- 1st ed.
   p. cm.
   In English and Spanish.
   SUMMARY: A dutiful handmaiden makes a quilt that
becomes a treasure of the kingdom in a regal world
where goodness is more valued than worldly riches.
   Audience: Ages 5-9.
     LCCN 2002105760
     ISBN 0-9720192-1-9

   1. Quilting--Juvenile fiction. 2. Compassion--
Juvenile fiction. [1. Quilting--Fiction. 2. Compassion
--Fiction.] I. Saari, Rijalynne. II. Title

PZ73.W424 2003   [E]
                QBI33-616

Printed and manufactured in the United States of America
10 9 8 7 6 5 4 3 2 1

first edition

The Riches of Rangoberra
Las Riquezas de Rangoberra

Written by/Escrito por Jane Weber

Illustrated by/Ilustrado por Rijalynne Saari

Raven Tree Press
LLC

Once upon a time, tucked between earth and sky, was the island of Rangoberra. Some say it was broken from shore by a gigantic flip of a sea serpent's tail. Others think it was dropped stone by stone from nesting birds tidying up nearby cliffs. No one knows how it was formed. Not even the King and Queen of Rangoberra, who were old, wonderful and wise but quite lonely since they had never been able to bear children.

RANGOBERRA

Había una vez, una isla llamada Rangoberra, ubicada entre el cielo y la tierra. Algunos cuentan que se había desprendido de la tierra a causa de un terrible golpe que una serpiente marina había dado con su cola. Otros piensan que se formó por las piedras que dejaban caer los pájaros cuando limpiaban unos riscos cercanos para hacer sus nidos. Pero nadie sabe a ciencia cierta cómo se formó. Ni siquiera el rey y la reina de Rangoberra, unos maravillosos y sabios ancianos, que se sentían muy solos pues nunca habían podido tener hijos.

Every day from their castle tower they looked out on the beautiful island.

Todos los días, desde la torre del castillo, los reyes miraban su hermosa isla.

6

Harvest time would soon be here. Merchant ships would be returning laden with treasures from distant lands.

Se acercaba la época de la cosecha. Pronto volverían los barcos mercantes cargados con tesoros de tierras distantes.

During the harvest celebration, the one person who could bestow upon the King and Queen the complete riches of Rangoberra would be crowned the new heir to the throne. Royal decrees were posted proclaiming a contest for the kingdom. "Each entrant must present a single treasure chest filled with the riches of Rangoberra."

Durante la celebración de la cosecha, la persona que pudiera mostrarle a los reyes las riquezas completas de Rangoberra, sería coronado como el nuevo heredero al trono. En todo el reino se colocaron decretos reales que proclamaban abierta la competición: "Todos los concursantes deben presentar un solo cofre que contenga las riquezas de Rangoberra".

The Queen summoned Alyssa, the royal seamstress. "I am in need of the finest festival gown that you have ever sewn. I want my farewell to reflect the great happiness I have received from being the Queen of Rangoberra."

La reina llamó a Alyssa, la costurera real y le dijo:
-Quiero el traje más hermoso que puedas hacer. Quiero que mi despedida refleje la gran felicidad que ha sido para mí ser reina de Rangoberra.

The King called Alyssa into the royal parlor. "I ask you to sew the noblest of royal robes ever seen. I want my farewell to reflect the great happiness I have received from being the King of Rangoberra."

El rey llamó a Alyssa al salón real y le dijo:

-Te pido que cosas las más nobles vestiduras reales. Quiero que mi despedida refleje la gran felicidad que ha sido para mí ser rey de Rangoberra.

After seven days with little sleep, she finally left her chambers and presented the King and Queen with the loveliest outfits. Alyssa beamed with joy, for she had indeed sewn clothes fit for a King and Queen.

Después de siete días en los que casi no durmió, Alyssa abandonó su habitación y presentó a los reyes los ropajes más suntuosos. Alyssa estaba radiante porque en verdad había cosido ropas dignas de reyes.

That evening at the Harvest Ball, Alyssa hid behind the stone pillars. Upon the stroke of midnight, the King and Queen announced the decree. Anyone wishing to try for the throne had until the following evening's stroke of midnight to present a treasure chest of riches. The Ball would continue until the new King or Queen was crowned.

Esa noche, en el baile de la cosecha, Alyssa se escondió detrás de unas columnas de piedra. Cuando llegó la medianoche, los reyes anunciaron el decreto. Todo el que aspirara al trono, tendría de plazo hasta la medianoche siguiente para presentar el cofre con las riquezas. El baile continuaría hasta que el nuevo rey o la nueva reina fueran coronados.

Alyssa and the servants retreated to their chambers for a last night of peaceful sleep. They knew the days to come would be filled with grueling work under the rule of Captain Jonathan Powell, who was the likely successor to the crown. But Alyssa couldn't sleep.

Alyssa y los sirvientes se retiraron a sus aposentos para una última noche de sueño placentero. Sabían que estaban por venir días de trabajo agotador bajo el mando del capitán Jonathan Powell, quien sería probablemente el sucesor al trono. Pero Alyssa no podía dormir.

She looked at the leftover strips of silk that were made into scarves for the women working in the fields. Patches of satin from the Queen's gowns had been remade into skirts and blouses for the village women.

Contempló las tiras de seda que habían sobrado luego de confeccionar bufandas para las mujeres que trabajaban en los campos. Pedazos de satén de los trajes de la reina se habían convertido en faldas y blusas para las aldeanas.

17

Smooth linen from the King's nightshirts were sewn into small nightcaps for the children of the castle servants. Velvety remnants from the King's capes were quilted into baby buntings. Throughout the entire kingdom, it was the King's custom to lovingly welcome each newborn, rich or poor. Alyssa became inspired from such kindness and there was just enough fabric leftover to create lasting proof of these happy memories.

El suave lino de los ropones del rey había sido utilizado para coser pequeños gorros de dormir para los hijos de los sirvientes del castillo. Retazos aterciopelados de las capas del rey se acolchaban para convertirlos en mantas para los bebés. En todo el reino, los trajes del rey le daban la amorosa bienvenida a cada recién nacido, ya fuera rico o pobre. Alyssa se sintió inspirada por esa bondad y como quedaba suficiente tela decidió confeccionar una prueba duradera de estos momentos felices.

Alyssa began to stitch. The pieces fit together as beautifully as the lives of those who felt the fabric's touch. Royalty, peasants, elders and children; all bound together like this heirloom quilt. She sewed all through the night and the following day. With the last stitch sewn, she placed a beautiful quilt in a chest at the foot of her bed. One day she would give the quilt to someone who could look beyond its simple stitching and see the beauty of its thought. Suddenly she heard a loud knock on her door. Jenna, the young handmaiden to the Queen, was shivering in her doorway. "Alyssa, you must help me. The Queen asked me to find blankets for all the overnight guests."

Alyssa empezó a hilvanar. Los pedazos se ajustaban entre sí con tanta belleza como las vidas de aquellos que sentían el contacto de la tela. Nobles, campesinos, ancianos y niños; todos unidos como esta colcha. Estuvo cosiendo toda la noche y el día siguiente. Cuando dio la última puntada, colocó la hermosa colcha en un cofre al pie de su cama. Un día se la regalaría a alguien que pudiera comprender la belleza de la idea que se ocultaba tras las simples puntadas. De repente, oyó un ruido en la puerta. Jenna, la joven doncella de la reina, temblaba en el umbral.

-Alyssa, tienes que ayudarme. La reina me ha pedido que busque mantas para los invitados.

Alyssa quickly put her hooded cape around Jenna and set about the castle. All the blankets were soon put to use. Alyssa saw the King and Queen taking the servant's children into the royal bedchamber to nestle them under the royal goose down comforter. But before she could thank them, the King and Queen were summoned to their thrones by the striking of the midnight hour.

Alyssa envolvió a Jenna en su capucha y partió con ella enseguida. Pronto todas las mantas habían sido distribuidas entre los invitados. Alyssa vio a los reyes que llevaban a los hijos de los sirvientes a la alcoba real para cobijarlos debajo del edredón real de plumas de ganso. Pero antes de que pudiera decirles lo agradecida que estaba, los reyes tuvieron que ocupar sus tronos pues ya era medianoche.

"Who shall step forth and seek the honor of this throne?" asked the King. Captain Jonathan Powell rushed forward. "I have sailed many seas and gathered treasure from all corners of the world. I have battled pirates and distant armies to gain such wealth." He held up a magnificent pearl and bragged, "I even pried this from the hand of a drowning pearl diver."

-¿Quién dará un paso al frente y solicitará el honor de ocupar este trono? –preguntó el rey.

El capitán Jonathan Powell se adelantó y dijo:

-He navegado por muchos mares y he acumulado tesoros de todos los confines de la tierra. He combatido a piratas y a ejércitos distantes para obtener esas riquezas.

Sostuvo en alto una magnífica perla y se jactó:

-Incluso he arrebatado esta perla de las manos de un buscador de perlas que se ahogaba.

The crowd sighed in awe at the treasure chest before the King and Queen.
A cool breeze blew throughout the castle and the Queen shivered.

La multitud lanzó un suspiro de asombro al ver el cofre del tesoro que se hallaba
ante los reyes. Una brisa fría sopló por todo el castillo y la reina se estremeció.

She summoned Jenna, her handmaiden, to bring her a coverlet. But every blanket and coverlet had been given to warm the sleeping guests. Timidly, Alyssa appeared down the ballroom aisle. She carried her wooden chest containing the newly stitched quilt.

Le pidió a Jenna, su doncella, que le trajera una colcha. Pero todas las mantas y colchas se habían distribuido entre los huéspedes. Tímidamente, Alyssa apareció en la puerta del salón. Llevaba el arcón de madera que contenía la colcha recién terminada.

Alyssa knelt before the Queen. "Dearest Queen, please accept this humble quilt to keep you warm." She carefully wrapped the quilt around the Queen.

Alyssa se arrodilló ante la reina.
-Queridísima reina, por favor, acepte esta humilde colcha para abrigarse.

The King and Queen gently touched every diamond-shaped piece on the quilt. They reminisced about the patches of silk, satin, linen, and velvet. It was not the fabrics that were of such royal beauty but the people who were touched by them.

Con cuidado, envolvió a la reina en la colcha. Los reyes tocaron cada pieza en forma de diamante de la colcha. Recordaron cada retazo de seda, satén, lino y terciopelo. No era la belleza de las telas lo que los conmovía, sino la gente que las había tocado.

The King and Queen arose. "We have made our decision. This new heir possesses the greatest gifts one has to offer—those of righteousness and endless compassion. Truly the riches of Rangoberra." The Queen removed the quilt from around her shoulders and summoned Alyssa to step forward. "You have been like the daughter I have always wanted—good, kind, and caring." She draped the quilt around Alyssa's shoulders, placed the crown upon her head proudly proclaiming, "Long Live The Queen."

Los reyes se levantaron.

-Hemos tomado una decisión. El nuevo heredero posee las riquezas más grandes: la justicia y la compasión infinitas. Estas son en verdad las riquezas de Rangoberra.

La reina apartó la colcha que cubría sus hombros y ordenó a Alyssa que diera un paso al frente.

-Has sido como la hija que siempre quise tener: buena, generosa y compasiva.

Colocó la colcha alrededor de los hombros de Alyssa, le puso la corona en la cabeza y proclamó con orgullo:

-¡Viva la reina!

"The Riches of Rangoberra" Glossary

English	Español
island	isla
treasure	tesoro
midnight	medianoche
king	rey
queen	reina
crown	corona
quilt	colcha
pearl	perla
throne	trono
kind	bondadoso

Shaya♡